मुझे कोई बुलाता है!

मुझे कोई बुलाता है!

डॉ. विकास मिश्र

संकलन
ऋजु कमल मिश्र

GenNext Publication

मुझे कोई बुलाता है!

ISBN : 978-93-5324-212-1 (PB)

भारत सन् 2020 में प्रकाशित

जेन्नेकस्ट पब्लिकेशन

5, अंसारी रोड, दरियागंज,

नई दिल्ली-110002

Phone : 9811692060

ई-मेल: gennextpublication@hotmail.com

मुद्रित: जी. प्रिंट प्रोसेस, दिल्ली

अनुक्रम

आशीर्वचन

साहित्य की विधा में कविता अपने को व्यक्त करने का सशक्त माध्यम है। पद्य, गद्य और गति के माध्यम से व्यक्ति व्यक्त होता है। लम्बे प्रसंगों को अर्थ गंभीर्य के साथ छंदों–अलंकारों के सहयोग से अपनी बात आत्मन तक सुविधा से पहुंचाई जा सकती है। कविता मानवीय संवेदनाओं के सम्प्रेषण का रास्ता बनाती है। कविता जीवन को सुंदर बनाती है। कवि मन कभी कोमल, कभी करुण तो कभी व्यवस्थाओं के समर्थन–विरोध में मुखर हो जाता है। वास्तविकता और सत्य के अत्यंत करीब काव्य रचनाएं संभव हैं। हिंदी साहित्य में काव्य के इतिहास का क्रमिक विकास हुआ है। तत्सम, तद्भव और देशज शब्दों के मिश्रण से यात्रा करते हुए खड़ी बोली अब परिष्कृत हिंदी और लोकग्राह्य हिंदी में परिणत हो चुकी है। काव्य इतिहास का एक सशक्त स्रोत है। काव्य केवल व्यक्ति का ही नही, अपितु समकालीन समाज, राजनीति, संस्कृति, लोककला तथा परम्परा आदि का प्रतिनिधित्व करता है। महाकवि भास, कालिदास, चंदबरदाई, भूषण, तुलसी, कबीर से लेकर सुभद्राकुमारी चौहान आदि तक भारतीय इतिहास को समय के दर्पण के समान काव्यों के माध्यम से देखा जा सकता है।

देश के स्वतंत्रता संग्राम के साक्षी, कुरूक्षेत्र विश्वविद्यालय के कुलपति रहे अर्थशास्त्र और विधि क्षेत्र विशेषज्ञ प्रो० विकास मिश्र का काव्यसंग्रह समकालीन समाज के प्रति उनकी वेदना, संवेदना, ममत्व आदि का दिशा बोध कराता है। एक अर्थशास्त्री–विधिवेता की कलम से काव्य साहित्य का सृजन अनुकरणीय विषय है। आशा है इस काव्य संग्रह के अनुशीलन से आने वाली पीढ़ी को समकालीन समाज का दर्शन तथा मनीषी के ममत्व और संवेदना

की अनुभूति होगी। यह पुस्तक समाजोपयोगी सिद्ध होगी। पुत्र धर्म का पालन करते हुए डॉ. ऋजु कमल मिश्र ने अपने पिता की रचनाओं को जन समुदाय के लिये उपलब्ध करवाने का महत्वपूर्ण कार्य किया है जिसके लिए उन्हें हृदय से साधुवाद। शेष शुभ...

डॉ. बालमुकुंद पाण्डेय
संगठन मंत्री,
अखिल भारतीय
इतिहास संकलन योजना

परिचय

कविताओं का यह संग्रह स्वर्गीय डा. विकास मिश्र द्वारा लिखा गया है। ये कविताएं स्वाभाविक संवेदनशीलता दिखलाती है। समय–समय पर अपने जीवन में मानव मन जो सोचता है उन्हीं भावनाओं को कलात्मक रूप देतीं ये कविताएं निश्चय ही मौलिक और कुछ हटकर हैं।

डॉ. विकास मिश्र का जन्म 1924 में हुआ। स्वतंत्रता संग्राम के कारण कई बार जेल गए। एम. काम, एम. ए., पीएच. डी., (लंदन स्कूल ऑफ इकोनोमिक्स) की डिग्रियां प्राप्त करने के बाद दिल्ली स्कूल ऑफ इकोनोमिक्स, इंस्टीट्यूट ऑफ इकोनोमिक ग्रोथ एवं कुरुक्षेत्र विश्वविद्यालय में अध्यापन व अनुसंधान का कार्य किया। वे कुरुक्षेत्र विश्वविद्यालय के कुलपति भी रहे। डॉ विकास मिश्र इकोनोमिस्ट विकिपीडीया पर इनके बारे में और अधिक जाना जा सकता है।

अपनी सभी कविताओं में से मिश्र जी ने स्वयं ही यहां प्रस्तुत कविताएं चुनी है। पुत्र होने के नाते मेरा योगदान केवल इन्हें पुस्तक के रूप में लाने का विचार ही था। कविताओं के शीर्षक भी मैंने ही दिए हैं।

मैं माननीय डॉ० बाल मुकुंद पाण्डेय जी, संगठन मंत्री, अखिल भारतीय इतिहास संकलन योजना, का अत्यंत आभारी हूँ जिनके आर्शीवचन से इस पुस्तक का मान बढ़ गया है। श्री सुरेन्द्र हंस जी, राष्ट्रीय सचिव, अखिल भारतीय इतिहास संकलन योजना और डॉ० वेद प्रकाश जी, असिस्टेंट प्रोफेसर, हिन्दी विभाग, हंसराज कालेज, दिल्ली विश्वविद्यालय का हर प्रकार से सहयोग मिला जिसके लिए उनका आभार।

ऋजु कमल मिश्र
दिल्ली विश्वविद्यालय

डॉ. विकास मिश्र

1. मुझे कोई बुलाता है!

निशा की गोद में जग युग दिवस की श्रान्ति ले जब सुप्त
नयन के व्यंग मन के ढंग अन्वेषण अधर के तिरस्कारों का
रहे कर स्वप्न जब विक्षिप्त
व्योम की खिड़कियों से झिझकता शरमा रहा
सहमा सितारों के इशारों से
मुझे कोई बुलाता है!
धरा की सृष्टि के पहले बहुत पहले
न था जब सौर मण्डल यह न थी आकाश गंगा
कोने में किसी ब्रहमाण्ड के छोटे उपग्रह पर रची थी
एक दुनिया प्रकृति ने परिदग्ध भ्रूभंगा
तब की, प्यार की, मेरी अधूरी कथा की यादें दिलाता
पुनर्जन्मों की तरंगों का सहारा ले
मुझे कोई बुलाता है।
चर अचर जग के असीम भविष्य की सम्भाव्य–असम्भाव्य सीमा की
कल्पना की कल्पना के पंख के स्वर में,
छटाओं की, सुरभि की, भावद्वन्द्वों की
शिशुस्मित की, जनम की, मरण की,
प्रेम उद्वेलित प्रणय के चरम रागोत्कर्ष की
सम्पूर्णता की पुट लिए,
थिरकता, संगीत भरता, तड़पता–
ध्वनि को प्रतिध्वनि को मिला–
कोई बुलाता है!
मुझे कोई बुलाता है!

2. याद तुम्हारी आती है

तब याद तुम्हारी आती है!
जब मन उदास होता है तब याद तुम्हारी आती है!
जब कली फूल में परिवर्तित होने लगती है
जब भ्रमर फूल पर नृत्य गान करते हैं
जब पूनम का चांद क्षितिज से अन्तिम अंश लिए
ऊपर उठ आता है
जब मीठी कड़वी यादों के प्याले में अमृत शराब विष घुलमिल
अलग–अलग लगते हैं
जब नाम तुम्हारा बातबात में आ जाता है
तब याद तुम्हारी आती है!
जब कोई कुछ कटु कह देता है तब याद तुम्हारी आती है!
जब सावन घटा हथेली से चुपके पीछे से आ
चांद की आंखें ढक देती है
जब श्वेत कपोती प्रेममग्न अपने कपोत से प्यार बहुत लेती है
जब आर्द्र सान्द्र वक्षस्थल पर नभ के
है इन्द्रधनुष बन हार लटक जाता
जब रजनीगन्धा की सुगन्धि में हरसिंगार मिल जाता
जब गाते सितार का कोई तार टूट जाता है
तब याद तुम्हारी आती है!
जब घोर अकेलापन छाता है तब याद तुम्हारी आती है!

जब जीवन का क्या अर्थ विश्व कैसा सपना जैसी बातों पर
बात किसी से होने लग जाती है
जब क्या है क्या है नहीं, सत्य क्या क्या असत्य गुनते–गुनते
फिर चिन्तन ग्रन्थि उलझ जाती है
जब छोड़छाड़ सब साथ किसी के दूर चले जाने को मन होता है
जब हाथों में हाथ लिए धीमे स्वर में कुछ प्यार भरी बातें सुनते
बस मर जाने को मन होता है।
जब जीने मरने का अन्तर मिट जाता है
तब याद तुम्हारी आती है!
जब फिर जीने को मन हो आता है तब याद तुम्हारी आती है!

क्या सच मिथ्या क्या पूछ रहे सब—
सपने में सपने देख रहे सब!

❀ ❀ ❀

बीती बात प्रतीक्षाओं की— एक प्रतीक्षा बाकी—
आए गए अनगिनत साकी—ले जाने वाला बाकी!

❀ ❀ ❀

क्या जानवर है इन्सान भी— कभी हार नहीं मानता—
पूरी जिन्दगी को हार समझता है— कहां समझता है!

❀ ❀ ❀

तब तक जिन्दा है इन्सान जब तक प्यार की तमन्ना है—
सपनों में न सही यादों में रहता हो!

❀ ❀ ❀

बीती बातें ही तो है जो कभी बीतती नहीं—
अभी जो है वह क्या है या वह जो अभी है ही नहीं!

3. मेरा मन

कितना गर्वीला मन है!
नहीं स्वयं के भी आगे झुकता है चाहे जितना भी उन्मन हो, बेमन हो!
कितना गर्वीला मन है!
मेरा मन मेरा मन है!

कितना ऊपर उठने को था अब–अब करता रह गया आजतक मन है–
औरों को उठते देख भी न जलता मन है!
कितना गर्वीला मन है!
जीवन जी कर जीवन का, जीने का, सुख पाया करता था–
अब तटस्थ–सा सृष्टि प्रलय को हृदयंगम कर आनन्दित होता है!
कभी मृत्यु से डरता घबड़ाता था–
अब ''मोनालीसा'' का स्मित अधरों पर लाता है!
मन–मन नश्वरता शाश्वतता पर
अपनी, मानव की, अखिल विश्व की,
सब कुछ समझ रहा–सा
विस्मित होता,
विस्मय पर अपने सकुचाता मन है!
कितना गर्वीला मन है!
हारा हो थका उदास मना हो,
शब्द स्पर्श रस का स्वागत न मना हो,
स्वागत नहीं तो नहीं अ–स्वागत चिरनिद्रा का भी हो–
इधर या उधर लेकिन पहले हाथ बढ़ाने से कतराता मन है!
कितना गर्वीला मन है!

यादें हैं—मीठी हैं, कड़वी हैं— अब न बहुत उद्वेलित करती हैं,
आशाऐं आकांक्षाएं हैं— पंखहीन, दुर्बल पैरों से चलती हैं,
मन ही है—कुछ होता रहता है,
अन्दर—अन्दर घुलता रहता मन है!
कितना गर्वीला मन है!
क्या किया नहीं क्या किया काश अब भी कुछ सुधर सके तो,
रह गया दबा जो कुछ अब तक अब भी कुछ उभर सके तो—
कितना लगता आसान हाथ से अब जब निकल गए अवसर,
फिर भी नहीं जन्म लेने को एक बार फिर करता मन है!
कितना गर्वीला मन है!
मेरा मन मेरा मन है!
कितना गर्वीला मन है!

असमर्थता भी क्या बड़ी दयनीय स्थिति होती है—
क्या कहें असमर्थता की उस जो समर्थ की होती है!

❀ ❀ ❀

हर उम्र की अपनी अच्छाई होती है बुराई होती है—
उम्र ढल जाती है बहुत तो बुराई ही बुराई होती है!

❀ ❀ ❀

जो करना था नहीं किया बात पछताने की है जरुर—
वह भी जिन्दगी क्या पछताने के लिए जिसमें जगह नहीं!

❀ ❀ ❀

जब कोई प्यार करता है हमसे सातवें आसमान पर होते हैं हम—
कभी उड़ते कभी डूबते हैं जब किसी से प्यार करते हैं हम!

4. घायल मन

मन कितना घायल है!
रोता हंसता–हंसता रोता है!
मन कितना घायल है!
अधरों के नयनों के अमृत से मर–मर जाता है!
पंखुड़ियों से गुलाब की क्षत–विक्षत होता है!
मन कितना घायल है!
यादों के उम्मीदों के झूले पर झूल रहा है!
प्यार की आहट से छू छू–बिखर जाता है!
मन कितना घायल है!

सब कुछ अपने दृष्टिकोण से देखता है इन्सान—
विपरीत देखे तो विक्षिप्त हो जाय,
किसी दृष्टिकोण से न देखे तो ब्रह्मज्ञानी!

❀ ❀ ❀

कुछ भी हो जीवन बड़ा ही मीठा अनुभव है—
बड़ा ही मीठा क्योंकि खट्टा भी है कड़वा भी!

❀ ❀ ❀

समझदार वह है जो यह समझे—
असम्भव क्या है अनिवार्य क्या!

❀ ❀ ❀

मरने के पहले मर जाना स्वीकार नहीं—
जिसका प्रतिकार नहीं प्रतिकार नहीं!

❀ ❀ ❀

अपने लिए सभी प्राणी जीते है—
सबके लिए मनुज ही जी सकता है!

❀ ❀ ❀

कष्ट झेलने से बचना मुश्किल है—
बाइज्जत रहना अपने उपर है!

मोह नहीं जीना है मजबूरी है!

❀ ❀ ❀

मन भी क्या जादूगर है—
कुछ भी हो खुद को समझा लेता है!

❀ ❀ ❀

डर मृत्यु से नहीं जीवन से लगता अब!
मन स्वप्न में नहीं यादों में लगता अब!

❀ ❀ ❀

कुरेदती भी हैं सहलाती भी हैं दिल के घावों को—
कैसी उदास जिन्दगी है वो जिसमें यादें नहीं!

❀ ❀ ❀

इश्क है अरमान है उम्मीदें हैं कैसे न जिए कोई—
और यादें हैं जो कुछ न होने पर भी मरने नहीं देती!

5. अपने को समझाता मन

मन अपने को समझा ही लेता है!
दुख हो सुख हो हो हार जीत हो
पूजा हो तिरस्कार हो उठना हो गिरना हो
जो हो जैसा हो जिस हालत में हो
मन रोता भी है हंस भी लेता है!
मन अपने को फुसला ही लेता है!
मन अपने को समझा ही लेता है!
जन–जन को आश्रय देना हो सामर्थ्यहीन होना हो
मानव को मानव बनने की शिक्षा देना हो
पशुता से लघुता से भर जाना हो
आत्मदान देना हो धेले पर बिकना हो
प्यार का अमृत हो व्यापार घिनौना हो
मन अपने को बहला ही लेता है!
मन अपने को समझा ही लेता है!

मीठी यादें जिन्दगी में अमृत भरती हैं—
कड़वी में ही से कुछ जिन्दगी में शराब भरती हैं!

❀ ❀ ❀

मीठी यादें कभी ही कभी याद आती हैं—
ऐसे भी कड़वी हैं कुछ जो सदा जीने का अहसास कराती हैं!

❀ ❀ ❀

मीठी यादें बड़ी मीठी लगती हैं—
ऐसी भी कड़वी है कुछ जो और अधिक मीठी लगती हैं!

❀ ❀ ❀

यादों की झोली भी कैसी भोली है—
नागिन के विष में हरसिंगार की खुशबू घोली है!

❀ ❀ ❀

यादें तो बहुत होती हैं कई मीठी कई कड़वी होती हैं—
याद तो बस एक ही होती है हमेशा याद आती है चुभती रहती है!

❀ ❀ ❀

यादों में जिएं या वादों में या मन के कठिन इरादों में—
अब क्या नियमों में बंधना अब तक तो जिए अपवादों में!

❀ ❀ ❀

मन होता है—खासकर मन होता है—
अपने मरने पर अपने पर हंसने को मन होता है!

❀ ❀ ❀

मालूम न था बुरा है इतना मन—
औरों का बुरा चाहता है अपना मन!

❀ ❀ ❀

हार चुका है मन जानता है—
हार चुका है कहां मानता है!

❀ ❀ ❀

रह—रह कुछ होता है—
कलेजा मुंह को होता है!

6. लौट आऊंगा

मैं आ जाता हूं चुपचाप लौट आऊंगा—
तुम देखोगे जब लौट रहा होऊंगा!
मैं देख सकूंगा नहीं हो गए होगे जैसे अब तुम—
तेरी परछाई देख लौट आऊंगा!
मैं आ जाता हूं चुपचाप लौट आऊंगा!
मन तो बातें करने को बहुत—बहुत करता है—
तुम क्या कह दोगे मैं क्या कह दूंगा डरता है!
दूर से सुन तेरी आवाज लौट आऊंगा—
मैं आ जाता हूं चुपचाप लौट आऊंगा!
चुपचाप देखता रह सकता तुमको आजीवन—
रोने हंसने के बीच आज भी तो घुटता है जीवन!
तुमको खुश देख लौट आऊंगा।
मैं आ जाता हूं चुपचाप लौट आऊंगा।

मन में आता है—
अब छोड़ें क्या आता है!

❀ ❀ ❀

कुछ तो बात है—
अपनी बात अपनी बात है!

❀ ❀ ❀

सब बातें सबसे नहीं की जातीं—
कुछ बातें स्वयं से भी नहीं की जातीं!

❀ ❀ ❀

यादों की भी क्या अजीब हरकत है—
जो मीठी हैं अक्सर सोयी रहती हैं, जो कड़वी हैं न सोती न सोने देती हैं!

❀ ❀ ❀

जीवन का विकल्प ही क्या यह सोच नहीं जीने वालों में मैं!
मृत्यु अवश्यम्भावी है यह सोच नहीं मरने वालों में मैं!

❀ ❀ ❀

सुधा सुरा विष जन्म मृत्यु का भेद मिट जाता है—
जीते रहने में मन भीषण एक व्यंग पाता है!

❀ ❀ ❀

सत्य को शुभ मानता है—
साथ ही मन सत्य को कटु जानता है!

❀ ❀ ❀

सत्य को स्वीकार करता है—
मन पुनः भ्रम मोह में पड़ ठहर जाता है!

❀ ❀ ❀

मन बड़ा लालची है!

❀ ❀ ❀

तरस करता मुस्काता हंसता अट्टहास करता है—
मन अपने को जब बीते को बीता न समझता पाता है!

7. देख रहा हूँ

ओझल होती गई देह परछाई देख रहा हूं!
सागर सूख गया है रिमझिम बादल देख रहा हूं!
क्या होता होगा धरती को हिमगिरि जब उभरा होगा–
कब मेरी पीड़ा फूटेगी कब से देख रहा हूं!
कहने को मैं कहूं बहुत कुछ यूं भी सुनने की सीमा–
अब–अब करता बेवकूफ–सा मैं अपना मुंह देख रहा हूं!

यह कैसा निष्कर्ष उभर आया है—
मन ने खुद को बहुत बुरा पाया है!

❀ ❀ ❀

कुछ भी बढ़कर नहीं शान्ति से मन की जीवन में—
मन की शान्ति न मिल सकती है बिना आत्मसंयम के!

❀ ❀ ❀

मन को समझ नहीं पाया मन कैसी विडम्बना है—
क्या का क्या कहकर फिर हो जाता उद्विग्न मनाहै!

❀ ❀ ❀

सबसे भीषण संग्राम स्वयं से ही होता है—
जो मन के अन्दर होता है और कहां होता है!

❀ ❀ ❀

जीना पड़ता है!

❀ ❀ ❀

''अब लौ नसानी अब न नसै हों'' कब क्यों कहता है कोई—
दृढ़ संकल्प साहसी जो ईमानदार अन्दर से नहीं सब कोई!

❀ ❀ ❀

कहता रहता हूं बस करो मन कहानी खत्म हुई समझो—
मन है जो सब समझता है कुछ नहीं समझता समझो!

❀ ❀ ❀

तिल को ताड़ बनाता रहता है मन—
खुद को परेशान शर्मिन्दा करता रहता है मन!

❀ ❀ ❀

सुगबुगाता है मन फिर लुढ़क पड़ता है मुस्कुराता है लाचारी पर अपनी—
देखें क्या—क्या सपने देखता है अभी क्या—क्या उम्मीदें जलते देखता है!

❀ ❀ ❀

जिन्दगी हो मजबूरियां न हों मुमकिन नहीं, एक से एक बड़ी—
इससे बड़ी क्या छोड़ न पाए उसे नफरत करे जिससे!

❀ ❀ ❀

दम घुट रहा है छिछले पानी में डूबते—निकलते—
रह—रह मन करता है खिलवाड़ कर रहीं नदियों से फिर खेलूं!

8. मेरा काल

रुको अभी आया मैं मेरा काल पहुंच आया!
मैं जिसे बुलाता रहा आज वह स्वयं पहुंच आया।
रुको अभी आया मैं– देखो कौन पहुंच आया!
तुम मेरे प्रति रूप विगत सन्देहों के उत्तर,
मुझे छोड़ मत जाओ अब जब अब तक निभाया!
गिरूं न अपनी आंखों में मैं स्वयं ध्यान था इसका–
तुम थे पहरेदार मुझे गिरते झकझोर बचाया!
रुको अभी आया मैं मेरा काल पहुंच आया।

कायर डरपोक घमण्डी पाखन्डी कम–ज्यादा सब होते हैं–
कुछ अपने बाकी सब औरों के अन्दर झांका करते हैं!

❀ ❀ ❀

मैं जीत गया सबसे आखिर में खुद से हार गया!
मैं प्यार बांटता रहा प्यार का स्वयं भिखार बना!

❀ ❀ ❀

कुछ तो बात न गर्दन मेरी अब तक नीची है–
स्वयं के लिए मैंने लक्ष्मण रेखा खींची है!

❀ ❀ ❀

कोई उबलती कुरेदती तमन्ना नहीं फिर भी जिन्दा हूं–
जिन्दगी से पूरा सन्तुष्ट नहीं पूरा असन्तुष्ट नहीं हूं!

❀ ❀ ❀

बहुत कुछ है दिलचस्प जहां में बेशक–
सबसे अधिक दिलचस्प स्वयं इंसान मगर है!

खुशियां बहुत तरह की होती हैं—
खुद को दे देने की सबसे बड़ी होती हैं!
मजबूरियां बहुत तरह की होती हैं—
खुद से मजबूर होने की सबसे बड़ी होती हैं!

❀ ❀ ❀

न रहा जीने में कुछ फिर भी कैसे खत्म करे जीना कोई!
न रहा मरने में कुछ कैसे शुरु फिर करे जीना कोई!

❀ ❀ ❀

बड़े—बड़े मंसूबे बनाते रहे थे अभी कल तक—
लगने लगा है न कल था न कल है अब!

❀ ❀ ❀

काट लेना दूसरों से अपने को आसान है कम ज्यादा—
कैसे काटे उससे कोई जिससे कटना मुमकिन होते भी नामुमकिन हो!

❀ ❀ ❀

जिन्दगी बड़ी मीठी है बड़ी कड़वी है—
क्या जिए कोई न जिए कोई!

❀ ❀ ❀

बड़ी—बड़ी बातें हैं जिन्दगी में लेकिन—
बड़ी छोटी बातें अक्सर बड़ी बातें होती है!

9. मैं हारा

जब–जब मैं हारा थका उदास खिन्न हो जाता–
तेरी करुणा से संयत भावुकता से,
होठों की नयनों की तरल भंगिमा से,
मेरा अवसाद पिघल जाता!
मैं पुनः प्रफुल्लचित हो जाता!
अब जब मैं अपने को दुर्गन्ध–भरी कीचड़ में लिपटा जहर पी रहा पाता–
प्यार की मीठी–कड़वी पूर्ण–अधूरी ललित कथाओं की,
अरमानों की, उम्मीदों की, उद्वेलित मदिर तरंगों की,
भूली–बिसरी यादों को ताजा करने की कोशिश में लग जाता!
वर्तमान को भूल स्वयं को दूर कहीं पाता!
और जब मैं भविष्य की ओर देखने की हिम्मत कर पाता–
विश्वास नहीं होता इस कदर आत्मविश्वास खत्म हो जाता!
इस कदर संतुलित दृढ व्यक्तित्व अचानक टूट–बिखर जाता!
अब क्या अब तो मन को समझाने फुसलाने में सब समय लगाता!

देने को सर्वस्व चले रहे बटोरते घास—
"आए थे हरिभजन को ओटन लगे कपास"!

❀ ❀ ❀

दुनिया को आमूल बदल देने का सपना सपना निकला—
दे न सका पूरा अपने को और न अपना अपना निकला!

❀ ❀ ❀

मोह भंग हो गया कभी का कायरता न गई है—
हुआ अनावश्यक आवश्यक प्यास अभी न गई है!

❀ ❀ ❀

प्यार अमृत है ज़हर है शराब है—
जिन्दा करता है मारता है मदहोश करता है!

❀ ❀ ❀

चाहता हूं कह सकूं कुछ नहीं चाहता हूं—
कुछ नहीं चाहता हूं चाहता हूं!

❀ ❀ ❀

ऐसा भी है कुछ चाहता हूं नहीं चाहता हूं—
जीना चाहता हूं नहीं चाहता हूं!

❀ ❀ ❀

क्या चाहता है मन चाहता नहीं है क्या—क्या कहें—
बहुत कुछ चाहता है नहीं चाहता है बहुत कुछ !

❀ ❀ ❀

सब मिला—जुला जीना जीने लायक होता है—
कम दे या ज्यादा प्रकाश दीपक दीपक होता है!

❀ ❀ ❀

जन्म नहीं लेना ही बेहतर था क्या, क्या जवाब दे कोई—
सिवा पूछने के क्या बेहतर होता दुनिया ही नहीं होती कोई!

10. कल तक की बात

अभी कल तक थी बात चलाने की दुनिया को—
अब काम चलाने की है!
क्या—क्या कब—कब आया मन में अब लगता और किसी के!
क्या—क्या कब—कब आता मन में अब लगता और किसी के!
कितनी मजबूरी थी बीस बरस की कितनी है ढली उमर की!
क्या—क्या कब—कब आने वाला है मन में
क्या करना है अब जी के!
अभी कल तक थी बात हिलाने की दुनिया को—
अब नाम चलाने की है!
जी तो सब लेते है बहते पानी में लकड़ी के टुकड़ों जैसे बहते हैं!
जीते सचमुच वो जो जब चाहें रुकते हैं जब चाहें बहते है!
जीते जो सब समझ सेतु पर जन्म मृत्यु के जो चलते हैं!
जीते ज चर अचर विश्व के लिए सजग जीते मरते हैं!
अभी कल तक थी बात जिलाने की दुनिया को—
अब जाम चलाने की है!
अभी कल तक थी बात चलाने की दुनिया को—
अब काम चलाने की है!

बात अजीब है कितनी–जिन्दगी क्या है नहीं समझता इन्सान!
और अजीब भी नहीं–समझता ही अगर हो नहीं गया होता अब तक इंसान!

❀ ❀ ❀

तन हिचकता है झिझकता है शर्म करता है मन की लापरवाही पर–
मन का क्या मन तो नचाता रहता है पूरे ब्रह्मण्ड को अपनी अंगुली पर!

❀ ❀ ❀

प्यार तो बड़ी चीज है किसी को भी बड़ा बना दे
जो बड़ा नहीं बनता वह प्यार के काबिल नहीं!

❀ ❀ ❀

अपनी खुशी कायम रखकर थोड़ा नुकसान उठा लेना–
अपी खुशी गंवा कर थोड़ा फायदा उठा लेने से बेहतर है!

❀ ❀ ❀

समझ में तो बहुत कुछ नहीं आता लेकिन
यह तो बिल्कुल समझ में नहीं आता कि
जो समझ में आता है वह समझ में क्यों नहीं आता!

❀ ❀ ❀

मान बैठा है मन सभी रीझ जाते हैं देखकर सुनकर मिलकर–
नारद मुनि शर्मिन्दा तो हुए थे पानी में अपना मुंह देखकर!

❀ ❀ ❀

कितना कुछ खुश रहने को है–
कितना कुछ दुनिया पर, अपने पर हंसने को है!

❀ ❀ ❀

बुद्धि का उपयोग विभिन्न प्रकार से किया जा सकता है–
जिसमें अपनी अकर्मण्यता और आत्म प्रवंचना को ठीक
समझने की कोशिश भी शामिल है!

❀ ❀ ❀

जो चाहता नहीं करना कुछ बहाने ढूंढ़ता है–
जो चाहता करना–और क्या करना ढूंढता है!

11. भूल गया जब प्यार

सूख गई जब प्यास मर गई भूख—
सुधा क्या हाला क्या विष क्या!
पिलाना क्या पीना क्या!
भूल गया जब प्यार भूलीं जब पुलक तरंगें—
मोह क्या निरासक्ति क्या आत्मदान क्या!
बुलाना क्या जाना क्या!
जीवित रहते भी जी न सके जब मर न सके जब—
इन्द्रधनुष क्या हर सिंगार, निर्झर, मुग्धा क्या!
मरना क्या जीना क्या!

कट गए धागे सब एक बचा है–
तुम न काटो मैं न काटूं एक बचा है!

❀ ❀ ❀

स्वर्ग से नर्क में आना बेहतर है नर्क से स्वर्ग में जाने से–
बदलता रहता है सब कुछ उम्मीद बनी रहती है
फिर स्वर्ग में जाने की!

❀ ❀ ❀

सबसे बड़ा स्वार्थ प्यार है– आत्म बलिदान कर भी!

❀ ❀ ❀

सबसे गहरा आनन्द आत्म बलिदान में है–
जाग्रत–चेतन आत्मबलिदान में!

❀ ❀ ❀

स्वाभिमान जीवित है मेरा तुम कारण हो–
मुझे याद करते रहने का अगर तुम्हारा प्रण हो!

❀ ❀ ❀

सबसे बड़ी जीत–अपने किए के प्रति जाग्रत–चेतन सन्तुष्टि–
सबसे बड़ी हार–अपने किए के प्रति आत्मग्लानि!

❀ ❀ ❀

सपने से बढ़कर दुनिया में और वास्तविक क्या!
मोह नहीं तो प्यार नहीं फिर जीना क्या मरना क्या!

❀ ❀ ❀

मरने के पहले कायर मर जाते!
हिम्मत वाले सामना मृत्यु का
समझ बूझ
ईमानदार मुस्कान लिए करते!

जीना हो तो तैयार रहें मरने को!
पीना हो सुधा सुरा तो तैयार रहें हालाहल पीने को!

❀ ❀ ❀

दिल देकर ही कोई दिलवाला हो सकता है!
खोकर ही सब कुछ कोई कुछ पाने लायक हो सकता है!

❀ ❀ ❀

अब तो याद नहीं यादों की परछाई भर है!
अब तो रात नहीं रातों की तनहाई भर है!

12. टीस

यह कैसी टीस मुझे चुभ आनन्दित करती है,
जब–जब उदास होता हूं!
यह कैसी टीस मुझे सहला पीड़ित करती है
जब–जब हर्षित होता हूं!
यह वर है या अभिशाप जिन्दगी का मेरी
मैं सोच विकल होता हूं!
यह विष है सुधा सुरा है क्या है
मैं सोच क्षुब्ध होता हूं!

13. सम्मोहन

यह कैसा सम्मोहन है!
सिन्दूरी अधरों की उनके
प्रज्वलित चिता की अपनी
मैं देख रहा हूं शबनम की आंखों में!
उदासी आंखों की उनकी
मधुर आशाओं की अपनी
मैं देख रहा हूं विषधर की आंखों में!
अंगड़ाई नस–नस की उनके
यादों की जलती अपनी
मैं देख रहा हूं पतझड़ की आंखों में!

14. मन की बात

आ जाओ कुछ बात करें!
बहुत हुईं बातें औरों से
अब तुमसे कुछ बात करें!
आ जाओ कुछ बात करें!
बहुत उठे गम्भीर प्रश्न
दर्शन विज्ञान कला के
जग क्या जीवन क्या जीवन का अर्थ
मृत्यु की परिभाषा क्या
उब गया इन बातों से मन
आओ मन की बात करें!
आ जाओ कुछ बात करें!
खुलती–खिलतीं कलियां देखीं
वर्ण–वर्ण के फूल खिले
हिम शिखरों को छू मन रीझा
विविध सिन्धु के कूल मिले
बीती बातें बीत गईं
अब रही अधूरी बात करें!
आओ मन की बात करें!
आ जाओ कुछ बात करें!

15. बात न हो पाई

बात न हो पाई जब हम तुम साथ रहे!
अब क्या अब प्रतिबंध न कोई कोई हिचक नहीं
मैं क्या कह दूं तुम क्या कह दो जैसी कोई झिझक नहीं
तन का बन्धन टूट गया अब साथ रहे न रहे!
बात न हो पाई जब हम तुम साथ रहे!
प्रेमभाव था कितना कितना घृणाभाव था
पल–पल खुलता भरता पल–पल
कब का कैसा लगा घाव था!
कब तक टूटे मोह प्राण कब छूटे कौन कहे!
बात न हो पाई जब हम तुम साथ रहे!
सुरा सुधा विष भरे चषक हम एक दूसरे को देते!
सांसों की हम शीत उष्णता एक दूसरे से लेते!
पीते रहे सदा हम दोनों प्यासे ही हम रहे!
बात न हो पाई जब हम तुम साथ रहे!

16. शून्य

उष्ण श्वास की तीव्र तरंगें पुलक तरंगों से मिल गातीं!
अंग–अंग की अंगड़ाई से पायल की रुनझुन मिल जाती!
कंठ सूखता नयन अधर से सुधा सुरा के चषक छलकते!
आनन्दातिरेक में संज्ञा जग की सिमट शून्य हो जाती!

17. वह जो

वह जो शबनम पर थिरक रही
रथ से सरसिज के उतर
पहन घुंघरु कलरव के
संगीत लिए निर्झर के
बहुत भाती है मुझे—रश्मि दिनकर की!
वह जो अम्बर पर थिरक रही,
सतरंगी माला पहने
परिधान श्याम रस बोझिल तन
उतर रही धरती पर
बहुत भाती है मुझे— घटा सावन की!
वह जो नयनों में थिरक रही,
अधरों में सुधा सुरा ले
शरमाती मद बरसाती
पुलक तरंगों से बेसुध हो
बहुत भाती है मुझे— सर्वोत्तम कृति प्रकृति की!

18. जब तुम

जब तुम होते हो साथ–
हर बात और होती है!
हर दिन हर सुबह शाम हर रात और होती है!
जब तुम होते हो साथ!
सातवें आसमान पर मन होता है,
मधुमास और होता है बरसात और होती है!
बात–बात में बात–बात पर बात और होती है!
जब तुम होते हो साथ।

19. क्या कहा

कुछ कहें क्या कहा कहते!
हम कहें क्या कहा क्या कहा कहते!
मैं समझता हूं सब समझते!
मुंह से कभी होठों से आंखों से कभी कुछ से कभी कुछ से कहते!
कुछ कहें क्या कहा कहते!
मैं समझता हूं सब समझते!
हम चुप भी रहें क्या कहा कहते!
हम हंस देते क्या कहा कहते!
हम गुदगुदा देते उन्हें क्या कहा कहते!
मैं समझता हूं सब समझते!
और फिर यकायक हंस पड़ते बहुत हंसते!
और फिर प्यार करते बहुत करते!
और फिर क्या कहा कहते!

20. तुम साथ रहो

तुम साथ रहो तो कोई बात बने!
पल भर जीना अनन्त जीने की बात बने!
तुम साथ रहो तो कोई बात बने!
अब हिमगिरि शिखर न मुझे बुलाते हैं,
सावन घन इन्द्रधनुष न लुभाते हैं,
हरसिंगार रजनीगन्धा पाटल न पद्म मन भाते हैं,
जब अन्दर खाली–खाली किससे क्या कोई बात बने!
तुम साथ रहो तो कोई बात बने।
सीधी सपाट दिनचर्या से अब ऊब चुका हूं,
दुनिया को अपने को धोखा देते देते अब ऊब चुका हूं,
मन कभी–कभी तो सचमुच बहुत उदास रहा है,
तुम आ जाओ तो फिर से मेरी सुबह–शाम–दिन–रात बने!
तुम साथ रहो तो कोई बात बने!
दर्शन से जीवन दर्शन से मन को फुसलाता रहता हूं,
आत्म नियंत्रण खो बैठा हूं आत्मग्लानि से भर जाता हूं,
अर्थ ढूंढ़ता जीवन का मैं मात्र निरर्थकता पाता हूं,
सोच रहा हूं आत्मघात से शायद कोई बात बने!
तुम साथ रहो तो कोई बात बने!

21. जीता हूँ

थोड़े ही लेकिन मन पसन्द लोगों का हरदम साथ रहा है,
स्वयं आप–अपने में भी यूं जब–तब रह लेता हूं!
शब्द स्पर्श रस रूप गन्ध का मन चाहा मधुपान रहा है
चाहे–अनचाहे बिना पिए भी जब–तब रह लेता हूं!
कम न शिकायत मुझे जिन्दगी से न जिन्दगी को मुझसे
बिना विषाक्त किए सब कुछ जब–तब पछता लेता हूं!
बात बदलने की अपने को बेईमानी ही होगी
नहीं दूध का धोया फिर भी अपनी चूक पकड़ लेता हूं!
इतना तो अस्वस्थ न तन मन से जो तौल–तौल जीऊं
जितनी भूख प्यास हो उतनी तो ले ही लेता हूं!
प्यार दूसरा नाम जिन्दगी का–सचमुच जीना हो
जीता हूं जब जीता हूं यूँ कभी–कभी बस जी लेता हूं!

22. क्यों मुझे बुलाते हो

अब जाने को क्यों मुझे बुलाते हो!
अब छोड़ो जी क्यों मुझे बुलाते हो!
क्या था क्या हो गया साथ हम दोनों के
खिल रहे अभी जो फूल गए मुरझा कब के
अब स्नेह समाप्तप्राय सिर्फ बाती जलती
जीना ही अब खलता दिल में पीड़ा पलती!
फिर घाव उभर आएंगे क्यों मुझे बुलाते हो!
अब जाने दो क्यों मुझे बुलाते हो!
अब छोड़ो जी क्यों मुझे बुलाते हो!
यादें अब धोखा देतीं सपने भी कभी–कभी आते
आशाएं मृत दिवास्वप्न के पंख किसी ने काटे
अब खुशी उदासी की अन्तर–रेखा मिटती जाती
अब पुलक तंरगे तो क्या गुदगुदी नहीं आती!
अब सूखे नयन अधर क्यों मुझे रुलाते हो!
अब जाने दो क्यों मुझे बुलाते हो!
अब छोड़ो जी क्यों मुझे बुलाते हो!
तुमसे मेरा अन्दर–बाहर क्या छुपा कहां मैं खोटा कहाँ खरा था
तुम थे मैं था जीवन में अर्थ भरा था प्यार भरा था
अब भूल चुका हूं क्या करने निकला था कब क्या होगा
कब से समझे बैठा हूं जो हुआ हुआ होगा होगा!

अब मृगतृष्णा क्यों मुझे पिलाते हो!
अब जाने दो क्यों मुझे बुलाते हो!
अब छोड़ो जी क्यों मुझे बुलाते हो!
कड़वे मीठे की बात नहीं कड़वा है तो मीठा है
वैसे भी मैंने कभी नहीं माना फूलों पर चलने वाला जीता है
यह भी है स्वयं आप–अपने में रहने की आदत–सी है
दुख सुख की ज्यादा बात नहीं बस बात बात की है!
चुभती यादों की शय्या पर क्यों मुझे सुलाते हो!
अब जाने दो क्यों मुझे बुलाते हो!
अब छोड़ो जी क्यों मुझे बुलाते हो!
जो बाद एक के एक मिले उन सबसे प्यार किया
समझा न किसी ने किया कभी जो मैंने प्यार किया
पीने का क्या स्वाद जान जैसे पीने लग जाता–
छूट यकायक चषक हाथ से टूट–बिखर जाता!
जीने–मरने के झूले पर क्यों मुझे झुलाते हो!
अब जाने दो क्यों मुझे बुलाते हो!
अब छोड़ो जी क्यों मुझे बुलाते हो!

23. मन कितना अच्छा

मन कितना अच्छा कितना बुरा समझता है अपने को!
मन कितना हल्का कितना बोझिल पाता है अपने को!
मन अभी सातवें आसमान पर चढ़ जाता है
अभी धमाक धरा पर गिर टूट–बिखर जाता है!
मन अभी बड़ा ईमानदार फिर कितना बेईमान समझता है अपने को!
मन कितना अच्छा कितना बुरा समझता है अपने को!
मन करुणा से भर जाता है थोड़ा भी उन्मन देख किसी प्राणी को!
मन बोटी–बोटी मांस काटकर मार डालने को होता है
क्रोध–ईष्या से पागल जब होता है!
मन अभी समन्वित अभी विश्रृंखल छिन्न–भिन्न व्यक्तित्व
समझता है अपने को!
मन कितना अच्छा कितना बुरा समझता है अपने को!
मन अभी कली को देख चटकते मन्त्रमुग्ध होता है
अभी बेरहम तोड़–मसल देता है!
मन अभी मोह–माया के ऊपर उठ जाता है
फिर "मो सम कौन कुटिल खल कामी" कहता है!
मन निष्ठुर चट्टानों से खिलवाड़ कर रही बहती
व्यास नदी को बाहों में कस उल्टा–ऊपर बढ़ने को होता है!
फिर रोहतांग से गिरती क्षीण रेख–धारा को देख
अचम्भा दुविधा में पड़ जाता है!
मन अभी कूप मण्डूक अभी जड़ चेतन जग जिज्ञासु
समझता है अपने को!
मन कितना अच्छा कितना बुरा समझता है अपने को!

24. मैं हूँ

तुम जब तक हो मैं हूं!
तुम निराकार साकार मात्र सांकेतिक कुछ हो–
जब तक तुम हो मैं हूं!
मैं इस शरीर में उस शरीर में जड़ जंगम में चाहे जिसमें होऊं
हरसिंगार में, इन्द्रधनुष में
कांटे में, कीचड़ में
मैं रहूं या न रहूं– हूं!
तुम हो जब तक मैं हूं!
करुणामय होऊं निर्मम होऊं
आत्मदान करने वाला अथवा हत्यारा होऊं
मैं पूजा करुं तुम्हारी, प्यार करूं
या तुम्हें मार दूं मर जाऊं– हूं!
हो जब तक तुम मैं हूं!
तुम जब तक हो मैं हूं!

25. सुन लेता हूँ

ध्वनि तो नहीं प्रतिध्वनि तेरी सुन लेता हूं!
जब मन भावों की दुर्गम शान्त रम्य घाटी से
निकल रहा होता है
बाद एक के एक अनगिनत झूलों पर यादों के जब
झूल रहा होता है
जब जीने के मोह मृत्यु की निश्चितता से
जूझ रहा होता है
ध्वनि तो नहीं प्रतिध्वनि तेरी सुन लेता हूं!
जब सपनों के विश्रृंखल चलचित्र पीड़ामय
हर्षातिरेक लाते हैं
अरमानों के शिखर भूमिगत खा आशा के मधुर थपेड़े
जब कम्पन लाते हैं
जब पीने की चाह चषक विष का मन में
रह–रह असमंजस लाते हैं
ध्वनि तो नहीं प्रतिध्वनि तेरी सुन लेता हूं!
जब भूली बिसरी सुगन्धि सांसों की
आती–आती रुक जाती है
पुलक तरंगित प्रेममग्न काया शरमाई जब
छूती–छूती रुक जाती है
जब विरह मिलन की दुनिया में सुर–लय करती वीणा
गाती–गाती रुक जाती है
ध्वनि तो नहीं प्रतिध्वनि तेरी सुन लेता हूं!

26. मिलन

अब रहूं या न रहूं कोई बात नहीं आ गए आप बड़ी बात हुई!
कौन मुझसे ज्यादा खुशकिस्मत है जो न लगता था होगी वह बात हुई!

हाल बेहाल है न बात कर सकता ठीक न भर आंख देख सकता हूं—
कोई तो जरा बात कर मेरे कान में कहे देखकर मेरी आंखों में देखे!

ये जादूई खुशबू कैसे छा गई अचानक ये संगीत लहरी थिरक उठी कब कैसे—
इतनी दूर हैं आप और मैं पीता जा रहा हूं गुलाबी शराब लगातार!

कैसे मिलूंगा वाकई मिलूंगा यकीन नहीं होता और होता है आए हैं तो मिलूंगा ही—
अभी से सावन समाया है आंखों में तन में कौंध रही बिजली बारबार!

बहुत करीब हैं मगर क्या पता मौत कितनी करीब है मेरी,
मिलने दे न मिलने दे—
यही क्या कम है कि देख लें मरते मुझे इससे बड़ा मिलना
और हो सकता है क्या!

27. आप

याद आते हैं आप तो अच्छा लगता है बुरा लगता है!
हूक उठती है दिल में तो अच्छा लगता है बुरा लगता है!
आप क्या जाने क्या होता है हमें क्या खो दिया पा लिया हमने—
गम क्या है प्यार क्या क्या अच्छा लगता है बुरा लगता है!
आप आते भी हैं तो सपनों में वो भी कभी—कभी और एक ही तरह—
आप आते हैं चले जाते हैं तुरंत अच्छा लगता है बुरा लगता है!
प्यार वो चीज है हो जिसे पछताए जिसे न हो वो भी पछताए—
न हो पछताए बुरा लगता है हो पछताए अच्छा लगता है बुरा लगता है!
आप आएंगे नहीं हमको बुलाएंगे नहीं आप ही कहिए क्या करें हम—
नहीं नहीं कुछ न कहिए इन्तजार तो है अच्छा लगता है बुरा लगता है!
आप तो कहते थे आप प्यार करते हैं करते रहेंगे जिन्दगी भर—
सोचता हूं सच कहते थे नहीं कहते थे अच्छा लगता है बुरा लगता है!
जिन्दगी का क्या भरोसा है कहीं ऐसा न हो आप मुझसे पहले चल दें—
ऐसा हो तो ऐसा हो हम रहे आपके पास अच्छा लगता है बुरा लगता है!
मन में आता है चुपके आ जाऊं बन्द कर दूं आपकी आंखें प्यार से पीछे से—
फिर आप देखते रहे हमें हम आपको अच्छा लगता है बुरा लगता है!
याद आते हैं आप अच्छा लगता है बुरा लगता है!
याद आते नहीं आप तो अच्छा लगता है बुरा लगता है!
याद आते है आप तो अच्छा लगता है बुरा लगता है!

28. खट्टा-मीठा

ठीक है हुआ जो हुआ अब न देखूंगा मुड़कर मैं!
क्या पाया क्या खोया अब न हिसाब करुंगा मैं!
बड़ा कुछ मीठा था बड़ा कुछ खट्टा कड़वा—
क्या जिन्दगी है जिसमें खट्टा—मीठा न हुआ!
मैं भी क्या कम था मानूं न मानूं और बात है—
ऐसा तो नहीं जो दिया मीठा दिया खट्टा कड़वा न दिया!

29. हम न रहें

हम न रहें तो कौन देखने वाला होगा—
नभ के सूरज को चांद सितारों को
रिमझिम बादल को इन्द्रधनुष को!
हिमगिरि शिखरों को निर्झर को
अल्हड़ नदियों उद्याम महासागर को!
फूलों को शबनम को मृगशावक को
राजहंस को गरुड़राज को!
मृदुल तितलियों को मतवाले गजेन्द्र को
फन फैले विषधर को नाचते मोर को!
हम न रहें तो कौन देखने वाला होगा!
हम न रहें तो कौन सुनेगा—
घन गर्जन सरिता कलकल पंछी कलरव
सनन्—सनन् करते पत्तों को!
पंखुड़ियों की बातचीत आपस की लहरों से लहरों के
आलिंगन के मीठे स्वर भौरों का गुंजन!
तूफानों का अट्टहास बाढ़ों का प्रलयंकर निनाद
सुमधुर तान कोयल की!
विह्वल कपोत का प्रेमगान संगीत उष्ण श्वासों का
दारुण पुकार हिरणी की भीषण दहाड़ केहरि की।
हम न रहें तो कौन सुनेगा!
हम न रहे तो कौन गंध पहचाने!
नव आसाढ़ की बूंदों से निकला धरती का सोंधापन
आम्रबौर महुए का मतवालापान!

हरसिंगार रजनीगन्धा पाटल सरसिज की
कस्तूरी की मलय पवन की
हरीदूब की सड़ी घास की युवास्वेद की
वृद्ध त्वचा की खुशबू की बदबू की!
जन्म मृत्यु की स्वच्छ कीच की अपनापन की
दो तन दो मन एक हुए की!
हम न रहें तो कौन गंध पहचाने!
हम न रहें तो कौन स्पर्श संवेदन जाने!
क्या कोमल क्या रुक्ष गुदगुदी क्या दंशन क्या
पुलक तरंगें क्या!
कैसी गुलाब की पंखुड़ियाँ कैसी गुलाब की कांटें
चुभन क्या सहलाना क्या!
क्या दिल को छू लेता क्या हलचल दिमाग में करता
मधुर क्या कटु क्या!
हम न रहें तो कौन स्पर्श संवेदन जाने!
हम न रहें तो कौन गुनेगा!
क्या जीवन क्या जगत सृष्टि क्या महाप्रलय क्या!
कैसे लघु मस्तिष्क मनुज का समावेश कर अखिल विश्व का
विश्लेषण–अन्वेषण करता!
जीवन का क्या अर्थ ध्येय क्या
स्वार्थसिद्धि बहुजन हिताय क्या!
काव्य कला विज्ञान ज्ञान क्या
संवेदन सौन्दर्य बोध क्या!
हम न रहें तो कौन गुनेगा!

30. सब ढूंढ़ रहे कुछ

सब ढूंढ़ रहे कुछ!
यौवन के आंगन में पुलक तरंगों से व्याकुल नरनारी!
ताराओं के झिलमिल में कोई सुदूर के प्राणी!
सब के तन मांग रहे कुछ सबके मन खाली–खाली–
सुनने को दर्शन को छूने को सुगन्धि लेने को पीने को जीने को
आकुल आतुर सब प्राणी!
कोई न यहां ऐसा जो सम्पूर्ण स्वयं में हो
कोई न कहानी ऐसी जो कम–ज्यादा न अधूरी!
सब मूढ़ बने कुछ सब ढूंढ़ रहे कुछ!
सब ढूंढ़ रहे कुछ!

31. उधेड़बुन

कभी आंखों से कभी होठों से कहते हैं!
उदास होते हैं तो मेरे दिल से कहते हैं!
क्या बला का जादू रखते हैं वो–
गजब ढाना हो तो चिटकियों से कहते हैं!
बोलते हैं तो अमृत बरसता है हंसते हैं तो बरसती है शराब–
मैं भी कहता था क्या किस तरह कहते हैं!
दिल ले लेते हैं चुपके से चुप रहते हैं चुप रहते हैं–
पूछे गर कोई क्या कहते हैं कहते हैं कहते हैं!
गजब की संजीदगी है कमाल का जब्त–
हंसते हैं तो आंखें उदास होती है रोते हैं तो शेर कहते हैं!
प्यार की बातें करते प्यार दिखा दूं जरा देखने लग जाते एकटक–
मैं जो कहूं बुरा मान गए आप कहते हैं नहीं कहते हैं!
कितना खुश किस्मत हूं कितना बदकिस्मत इसी उधेड़बुन में हूं–
कभी बिल्कुल नहीं कहते प्यार करते हैं कभी बहुत कहते हैं!
छिड़ जाती है कभी दिल की दिमाग की पहुंच की बात–
कहते हैं हम तो आपसे दिल की कहते हैं!
बड़े सीधे बड़े शरीर हो सकते हैं वो–
सच कहते हैं तो सच कहते हैं झूठ कहते हैं तो मजाक कहते हैं!
निशाना लगाते हैं कहां, लगता है, लग जाता है कहां–
दुनिया बड़ी प्यारी है जिन्दगी बड़ी प्यारी है
क्योंकि हम प्यार करते हैं कहते हैं!
कितने मासूम बन जाते हैं कितना मुझको समझते हैं–
जब बड़ी देर से आते है कहते हैं लोग क्या–क्या कहते हैं!

कभी तो देर क्या दिनों–महीनों तक नहीं आते बेरहम हैं–
अब करार नहीं कहता हूं "करार चाहिए बेकरार होने को" कहते हैं!
बड़े घमण्डी भी हैं और जाने क्या–क्या हैं
बुरी तरह प्यार भी करते हैं बहुत–
यही तो बात है जो दिल दिया मैंने कहता हूं,
यही तो बात है कहते हैं!
सब समझते हैं वो और कुछ नहीं समझते–
मैं बहुत प्यार करता हूं कहता हूं मैं बहुत प्यार करता हूं कहते हैं!
कभी आंखों से कभी होठों से कहते हैं!
उदास होते हैं तो मेरे दिल से कहते हैं!

32. वियोग

तुम्हारे जाने के पहले की बातें सब अच्छी लगती हैं!
तुम चले गए अब सब कुछ कुछ–कैसा लगता है!
क्या दिन थे जब दिन अच्छे लगते थे सब रातें अच्छी लगती थीं–
अब क्या दिन क्या रातें हर पल उदास खाली–खाली लगता है!
पहले तो दिशा–दिशा में कण–कण में प्यार भरा था–
तुम बिछुड़ गए संवेदन सूख गया लगता है!
फूलों के इन्द्रधनुष के चपल तितलियों के पंछी के
रंग भरा करते थे मन के आंगन को–
अब बस एक रंगमय तन मन उर में तीर लगा लगता है!
पीने को क्या नहीं जहां थे सुधा सुरा के चषक छलकते–
अब क्या कोई प्यास बुझाए पेयकलश विषमय लगता है!
स्पर्शभाव आते मन में तन रोम–रोम से खिल उठता था–
शुष्क वृक्ष जैसा सब कुछ संवेदनहीन हुआ लगता है!
शब्द–शब्द से हावभाव से बहता था संगीत सर्वदा–
अब सारा ब्रह्माण्ड चिढ़ाता अट्टहास करता लगता है!
रूप तुम्हारा प्रतिबिम्बित था कण–कण में चर–अचर विश्व में–
अब अन्दर–बाहर सब कुछ में अंधकार छाया लगता है!
शब्द स्पर्श रस रुप लिए तेरी सुगन्धि फैली थी जग में–
इस वियोग में सब कुछ सबसे बिल्कुल अलग–अलग लगता है!
तुम्हारे जाने के पहले की बातें सब अच्छी लगती हैं!
तुम चले गए अब सब कुछ कुछ–कैसा लगता है!

33. फूल आँसू के

फूल आँसू के बरसने लग जाते ज़रा–सी बात कोई लग जाती!
दिल लगा के लगा आग लगती है कहां आग कहां लग जाती!
प्यार वो आग नहीं जिससे जिन्दगी भर बचे जलकर एक दफा कोई–
इसे तो प्यार से सुलगने देते दिल में प्यार से दिल को जलाते रहने देते!
कितना कोमल है कठिन कठोर है होश में बेहोश है दिलवाला–
फूल कभी चुभ जाता है और कभी कांटे को दिल से लगा लेते!
कितना उदास हो जाता मन कभी नाचने लग जाता मारे खुशी के–
प्यार करना खिलवाड़ नहीं कोई क्या करे क्या न करे कोई!
कौन ऐसा जिसे चाहिए न कुछ–न–कुछ, कुछ–न–कुछ ऐसा जिससे नफरत हो–
स्वर्ग क्या सुरा क्या सुधा क्या विष क्या प्यार में हो जो कोई!
कौंध जाती बिजली तन बदन मन में, मन में प्यार आ जाता याद जग जाती–
कुछ कुरेदने लग जाता दिल में क्या किया न किया की रट लग जाती!
फूल आंसू के बरसने लग जाते जरा–सी बात कोई लग जाती!
दिल लगा के लगा आग लगती है कहां आग कहां लग जाती!

34. वक्त

संवारते यादों को वक्त गुजर जाता है!
वक्त गुजर जाता है जो गुजर जाता है!
काफला यादों का उन्मन–सा गुजर जाता है–
उलझता बदलता संवरता गुजर जाता है!
बड़ी मीठी बड़ी कड़वी कुछ मिली–जुली कुछ–
सुलाते जगाते थपथपाते वक्त गुजर जाता है!
टीस उठती है खुशी होती है मन उदास होता है–
साथ यादों के मन बहलाते वक्त गुजर जाता है!
गर्व होता है शर्म आती है दबी यादें उभर जाती हैं!
संवारते यादों को संवरते वक्त गुजर जाता है!
वक्त गुजर जाता है जो गुजर जाता है!

35. मोहभंग

मेरे मन मुझे लुभाओ मत अब मन ही है पुनः भटक जाएगा!
मेरे मन याद दिलाओ मत अब मन ही है पुनः अटक जाएगा!
क्या समाज क्या प्रकृति प्यार क्या सब का हाथ रहा है—
संवेदन का हृदय विदीर्ण हुआ है!
मोहभंग के साथ स्वयं में रहने का अभ्यास हुआ है—
अब जीने मरने का अन्तर क्षीण हुआ है!
मेरे मन मुझे दुखाओ मत अब मन ही है पुनः खटक जाएगा!
मेरे मन मुझे लुभाओ मत अब मन ही है पुनः अटक जाएगा!
मेरे मन याद दिलाओ मत अब मन ही है पुनः भटक जाएगा!

36. जीने का लोभ

मन मर–मर कर जी उठता है।
उदासीन होते–होते जीने का लोभ उभर उठता है!
मन मर–मर कर जी उठता है!
कटुता ईर्ष्या लघुता से ऊपर उठने का दृढ़ संकल्प अभी करता है–
अभी डाह की ज्वाला में परवाने–सा जल उठता है!
मन मर–मर कर जी उठता है!
यादों के होलिकादाह में रागभाव पर स्मित बिखेरता–
प्यार मांगने को देने को बार–बार फिर हो उठता है!
मन मर–मर कर जी उठता है!

37. क्या हो गया

क्या हो गया!
देखते–देखते क्या हो गया!
क्या से क्या हो गया!
कितना धीरे–धीरे हो गया!
कितना अचानक हो गया!

38. ऊब

मन ऊब चुका है!
दूसरों से ऊब चुका है!
अपनों से ऊब चुका है!
अपने आप से ऊब चुका है!
दुख से!
सुख से!
सबसे!
सब कुछ से!
मन ऊब चुका है!

39. अन्तिम व्यंग

अभी–अभी गिरने वाले सूखे पत्ते हमदर्दी की मुस्कान बिखेर बिखर जाते!
अभी–अभी डूबते सूर्य की मिटती अरुणाई में मोहभंग के बिम्ब निखर जाते!
समझे तो बात विदा की अन्तिम व्यंग लिए किंचित हल्की मुस्कान बिखर जाती!
समझ न पाए तो दयनीय घटा आंसू की विह्वल ममता से भर जाती!

40. मान जाओ

अनमना है मन मना लो मान जाओ!
बड़ा उदास है मन हंस दो हंसा दो मान जाओ!
भूल गए हम लगता कोई जान पहचान नहीं—
बुलबुले हैं हम अमृत पी लो पिला दो मान जाओ!
बड़ी लम्बी–चौड़ी बातें हुई अब तक—
दिल की गहराई में आओ बुला लो मान जाओ!
फर्क है जीने जीने में मरने मरने में बहुत—
फर्क प्यार का है आओ जी लो जिला दो मान जाओ!
रह तो सकते हैं अपने आप में फिर भी—
बड़ा अकेलापन है आ जाओ आ जाओ!

41. मुझे बुलाओ मत

मुझे बुलाओ मत मैं आ जाऊंगा!
मुझे रिझाओ मत मैं दीनभाव से भर जाऊंगा!
कौन कहे किसने कितना बर्दाश्त किया—
मेरा प्यार जगाओ मत मैं आत्मग्लानि से मर जाऊंगा!
अब तो जान गया मैं सब यहां अकेला है—
अब की जो बिछुड़े तो मैं बर्दाश्त न कर पाऊंगा!
क्या प्रदान करता जीवन को अर्थ पड़ूँ क्यों इस पचड़े में—
रहा प्यार के बिना न अब तक और न रह पाऊंगा!
फुसलाओ न मुझे मैं फुसलाने में आ जाऊंगा!
मुझे जिलाओ मत मैं विषमय हो जाऊंगा!
मुझे बुलाओ मत मैं आ जाऊंगा!

42. अच्छे लगते हो

बहुत अच्छे लगते हो!
याद आते हो तो बहुत अच्छे लगते हो!
मधुर अपूर्ण स्वप्न जैसे लगते हो!
बहुत अच्छे लगते हो!
यौवन की मादक पुलक तंरगों जैसे,
प्रथम मिलन के उन्मद उद्वेलन जैसे,
दिवा स्वप्न जैसे लगते हो!
बहुत अच्छे लगते हो!
हरसिंगार रजनीगन्धा की घुली–मिली खुशबू जैसे,
निर्झर पर नभ पर फैले सतरंगी किरण पुंज जैसे,
मधुर प्रतिध्वनि जैसे लगते हो!
बहुत अच्छे लगते हो!
प्यार की कथा अधूरी जैसे,
पंख कटे अरमानों जैसे,
मीठी–कड़वी यादों जैसे लगते हो!
बहुत अच्छे लगते हो!
जन्म का शाप उठाए जैसे,
प्यार का चषक लुभाए जैसे,
जीने की चाह लिए मृत्यु से समझौता जैसे लगते हो!
बहुत अच्छे लगते हो!
मधुर अपूर्ण स्वप्न जैसे लगते हो!
मधुर प्रतिध्वनि जैसे लगते हो!
दिवा स्वप्न जैसे लगते हो!
बहुत अच्छे लगते हो!

43. अपने से पूछो

जो जैसा है वैसा है—
तुम अपने को देखो अपना मन कैसा है!
कंटक है कीचड़ है विष है ईर्ष्या लघुता
खलवृत्ति न जाने क्या—क्या है!
फूल भी है चन्दन भी अमृत से बढ़कर भी कुछ—प्यार—
आप अपने को न्यौछावर कर देने का मन भी!
तुम अपने से पूछो क्या लेने का मन है—
यानी क्या देने का मन है!
जो जैसा है वैसा है—
तुम अपने को देखो अपना मन कैसा है!

44. रह-रह फिर

रह–रह फिर जीने को मन होता है!
हंसता मन रोने को रोता मन हंसने को फिर होता है!
रह–रह फिर जीने को मन होता है!
थोड़े कड़वेपन से सारा का सारा मीठापन खतरे में लगता है–
यादों के घेरे से बाहर आ फिर नए सृजन करने को मन हो उठता है!
रह–रह फिर जीने को मन हो उठता है!
बात की गोली क्या गोली है बात का अमृत क्या अमृत–
रह–रह मन छोटा होते–होते फिर गद्‌गद हो उठता है!
रह–रह फिर जीने को मन हो उठता है!

45. शरमाता मन

खुद से मन शरमाता है!
तोड़–मोड़ कर तथ्यों को रखता है–
ज्यादा–कुछ फिर भी न छुपा पाता है!
बड़े–बड़े संकल्प किया करता है–
देर–सवेर भूल–भाल जाता है!
बड़ी–बड़ी बातें करता है छोटी बातों में उलझा रहता है!
सात्विकता का दम भरता है दुर्भावों से सदा भरा रहता है!
परोपदेशे पांडित्यम् दिखलाता है!
खुद से मन शरमाता है!

46. जीना पड़ता है

जीना पड़ता है!
सब कुछ जान–समझ विष का प्याला पीना पड़ता है!
दम घुटते दुर्गन्ध सांस लेते कीचड़ सड़ान में रहते जीना पड़ता है!
अपनी नजरों में बार–बार गिरते अपनी मर्यादा खोते जीना पड़ता है!
अभी अडिग होने का दावा करते अभी लुढ़क–गिर पड़ते जीना पड़ता है!
जीने का नाम हंसाते मानव की नाक कटाते
कितने पानी में हो खूब समझते–
जीना पड़ता है!

47. सपने या संकल्प

सपनों को याद करूं या संकल्पों को!
अपनों को कोसूं खुद को या अवरुद्ध विकल्पों को!
अभी वक्त है बहुत सोचने वाला यही सोचता रह जाता है!
मन मोदक खा तृप्ति ढूंढ़ने वाला भूखा रह जाता है!
अपनों के मकरी जालों में कितना बंध जाया जाता है!
असमर्थता समर्थ की क्या केवल समर्थ जान पाता है!
अरमानों को याद करूं या पुलकतंरगों को!
सपनों को याद करूं या संकल्पों को!

48. क्यों जीए कोई

क्यों जीए कोई!
न गुलों को देख खुश हो न तमन्नाओं की खुशबू पीए
मिलने की खुशी न हो गम न हो बिछुड़न का
हो न अंगड़ाइओं में कसा प्यार की शराब न पी हो
कलेजा मुंह को न आया हो देख दुखिया को
बदलना न चाहा हो दुनिया को
जो न मरा हो किसी पर जिस पर न मरा हो कोई
क्या जीए कोई क्यों जीए कोई!
क्यों जीए कोई!

49. सर्वस्व दान

बड़ा अच्छा लगता है!
चुपचाप एकटक देख रहे होते हो आंखों में मेरी जब
बड़ा अच्छा लगता है!
प्यार में पागल हो पागल कर देते हो मुझको जब
बड़ा अच्छा लगता है!
दबी मुस्कान लिए गुस्सा हो जाते हो मुझ पर जब
बड़ा अच्छा लगता है!
खुद की हरकत पर किसी शर्म से भर जाते हो जब
बड़ा अच्छा लगता है!
दे सर्वस्व दान मुझको तुम भीख मांगते हो मुझसे जब
बड़ा अच्छा लगता है!

50. आत्मसमर्पण

बड़े अच्छे लगते हो!
तुम बस जैसे हो बड़े अच्छे लगते हो!
बड़े अच्छे लगते हो!
जब नयन नासिका अधर कपोल चिबुक को प्रेम विह्वल हो
तरल एकरसमयता प्रदान कर आत्मसर्मपण को आतुर होते हो
बड़े अच्छे लगते हो!
जब पुलकतंरगों से भर पुलकतंरगों से भर देते हो बड़े अच्छे लगते हो
बड़े अच्छे लगते हो!
जब मुझे रिझाते हो जब मुझे चिढ़ाते हो बड़े अच्छे लगते हो!
बड़े अच्छे लगते हो!
जब मुझे मनाने के प्रयास में हार मानकर रो पड़ते हो बड़े अच्छे लगते हो!
बड़े अच्छे लगते हो!

51. याद किया तुमको

जब जब याद किया तुमको तुम आए!
मैंने किया न क्या क्या किया न इस पर तुमने ध्यान दिया
दुख में सुख में हार में जीत में हरदम तुमने साथ दिया
जब जब थका उदास हुआ तुम आए!
जब याद किया तुमको तुम आए!
मिले बहुत ज्यादा–कम घुले मिले ज्यादा–कम दूर चले
खिले फूल-से कई कई परवानों-से मजबूर जले
कुछ भी हो हम सदा तुम्हारे पास लौट आए!
जब जब याद किया तुमको तुम आए!
सुधा सुरा विष पान कराया तुमने कहते करते प्यार
सच है नफरत करता हूं तुमसे सच है करता हूं प्यार!
रहा सहारा जब कोई न सहारा देने आए!
जब जब याद किया तुमको तुम आए!

52. न आए तुम

कहां रही अब रात न आए तुम!
इन्तज़ार में कहां रही वह बात न आए तुम!
कहां रही अब रात न आए तुम!
क्या विश्वास लिए सन्ध्या आई थी!
अंग–अंग मन में कितनी उम्मीद समाई थी!
देर लगी होने तो विश्वास लगा बढ़ने!
रात लगी ढलने तो उम्मीद उमड़ने!
थोड़ा सन्देह लिए तब आई आधी रात न आए तुम!
कहां रही अब रात न आए तुम!
खो चुकी निशा यौवन मन खोता विश्वास लगा!
तारे धूमिल बदला–बदला आकाश लगा!
पगध्वनि तेरी दिल की धड़कन में मेरे मिल जाती!
सांसों की उलझन में मेरी यादों की कलिका मिल जाती!
खोल रहे अब सजल अधर जलजात न आए तुम!
कहां रही अब रात न आए तुम!

53. तुम

मेरे अनुभव का निचोड़ हो तुम!
मेरे जीवन का प्रथम मोड़ हो तुम!
राग द्वेष सन्देहों की जड़ हो तुम!
प्यार घृणा का मूल स्त्रोत हो तुम!
सुधा सुरा विष का अद्भुत मिश्रण
दुर्गन्ध भरे प्याले में देने वाले हो तुम!
मेरे संकल्पों को धाराशायी करने वाले हो तुम!
मेरे अनुभव का निचोड़ हो तुम!

54. फूल खुशबू मांगते हैं

फूल खुशबू मांगते हैं अब हवाओं से!
चांदनी शरमा रही है अब दिशाओं से!
इन्द्रधनु के सामने वकपंक्ति नभ में तैरती–सी
हिम शिखर पर प्रात की रवि रश्मि प्यासी थिरकती–सी
प्रकृति को अंकवार में लेता क्षितिज हंसती–मचलती–सी
सिन्धु पानी मांगता है अब घटाओं से!
फूल खूशबू मांगते हैं अब हवाओं से!
चांदनी शरमा रही हैं, अब दिशाओं से!
अनवरत बनतीं बिखरतीं व्योम गंगाऐं
हो रही कर्त्ताविहीन असंख्य लीलाऐं
शून्य क्या क्या मूर्त्त सब मुखरित हुईं सापेक्षताऐं
संगीत निर्झर मांगता है अब शिलाओं से!
फूल खुशबू मांगते हैं अब हवाओं से!
चांदनी शरमा रही है अब दिशाओं से!
कहां परमाणु "कोहम्" कहां क्या–कैसे–कहां–क्यों कहां
कहां स्मृतियां कहां सपने कहां संकल्प संशय कहां
कहां ज्वालाएं क्षुधा की लहरियां अंगड़ाइओं की कहां
सृष्टि कारण मांगती है अब शिराओं से!
फूल खुशबू मांगते हैं अब हवाओं से!
चांदनी शरमा रही है अब दिशाओं से!

55. मन में आता है

मन में आता है!
कुछ कभी कभी कुछ मन में आता है!
मन में आता है!
अब जब मन भी हो चला शिथिल
जब पुलकतरंगें विस्मृत
जब क्षीण कल्पना दुर्बल संवेदन
जब अभी सजीव अभी मृत
फिर से जिन्दगी शुरू हो तो कैसा हो
मन में आता है!
कुछ कभी कभी कुछ मन में आता है!
मन में आता है!
जब कोई ऐसा नहीं जिसे समझें जो समझें
जब टूट चुके धागे जो जहां बंधे थे
जब बहुरंगी मेले में एकाकीपन का दंशन
जब यादें सपने दिवास्वप्न उलझे–उलझे
कोई मन मन से मिल जाए तो कैसा हो
मन में आता है!
कुछ कभी कभी कुछ मन में आता है!
मन में आता है!
जब मन–मन में विद्वेष कपट मद लोलुपता हो
जब चिर सन्तुलन प्रकृति का बिखर रहा हो
जब प्रबुद्ध सन्तान प्रकृति की आत्मघात पथ पर हो

जब मन–मन प्यार प्रकृति सौन्दर्य लुटाने को तत्पर हो
यदि मन–मन एक चर अचर जग से हो जाए तो कैसा हो
मन में आता है!
कुछ कभी कभी कुछ मन में आता है!
मन में आता है!

56. फूल लुभाते हैं

अब फूल लुभाते हैं—
कली कभी अब फूल लुभाते हैं
कभी उच्छल तरंगमय धारा अब कूल लुभाते हैं!
अब फूल लुभाते हैं!
निरापेक्ष्य कितना सब कुछ लगता था—
सचझूठ शिव अशिव सुन्दर और असुन्दर
दिल दे देने को कितनी जल्दी दिल ले लेने को दिल होता था
कितना लगता था सहज बदल देना मनुष्य को
स्पष्ट सब उत्तर थे
सत्य क्या शिव सुन्दर क्या अब उत्तर प्रतिकूल लुभाते हैं!
अब फूल लुभाते हैं!
कली कभी अब फूल लुभाते हैं!
कभी उच्छल तरंगमय धारा अब कूल लुभाते हैं!
अब फूल लुभाते हैं!
प्यार होने पागल होने में भेद कहां कितना था
सुधा सुरा हालाहाल का पुलकतरंगों में उद्वेलित प्याला था
सपने साकार उतर आते जीवन में
जो जैसा था सबका स्वागत था
कभी शलभवत् प्राणदान देने को आकुल
अब तुच्छ स्वार्थ के फूल लुभाते हैं!
अब फूल लुभाते हैं!
कभी उच्छल तरंगमय धारा अब कूल लुभाते हैं!
अब फूल लुभाते हैं!

57. पहचान

खुद को खुद मैं पहचान न पाता हूं!
बदल रहा हूं धीरे–धीरे अथवा बिलकुल दूसरा हुआ जाता हूं!
खुद को खुद मैं पहचान न पाता हूं!
अन्दर बाहर के शीशे आपस में कुछ मेल न खाते
किंचित टूट चुके हैं किंचित शेष बचे हैं
यादें जो अभी बची हैं मेरी हैं सपने भी अपने जो दो–एक बचे हैं
कुछ भी हो अक्सर खुद को दूसरा समझ जाता हूं!
खुद को खुद मैं पहचान न पाता हूं!
बदल रहा हूं धीरे–धीरे अथवा बिलकुल दूसरा हुआ जाता हूं!
खुद को खुद मैं पहचान न पाता हूं!
उत्कंठा उद्रेक उष्ण श्वासों का चषक हुआ खाली है
धूपदीप नैवेद्य भरी होती जाती ओझल थाली है
निधि अब पूछ रहा जीवन क्या खो दी क्या पा ली है
मरीं न चाहें बेशक लेकिन कहां किसी के लिए
सहज अब पल–पल क्षण–क्षण मर पाता हूं!
खुद को खुद मैं पहचान न पाता हूं!
बदल रहा हूं धीरे–धीरे अथवा बिलकुल दूसरा हुआ जाता हूं!
खुद को खुद मैं पहचान न पाता हूं!
''घन इबतरल बलाके'' से हल्की मुस्कान बिखर जाती है
''भज गोविन्दम् मूढ़मते'' से खुली हंसी दुविधा से भर जाती है
''मो सम कौन कुटिल खल कामी'' से
होने लगता है आत्मनिरीक्षण

"खेल खत्म हो चुका बहुत बाकी है" से
जिन्दगी निखर जाती है
परिवर्तनशीलता नियम है जान–समझ स्वीकार न कर पाता हूं!
खुद को खुद मैं पहचान न पाता हूं!
बदल रहा हूं धीरे–धीरे अथवा बिलकुल दूसरा हुआ जाता हूं!
खुद को खुद मैं पहचान न पाता हूं!

58. प्रतीक्षा

आज प्रतीक्षा है—
उस तारे की प्रथम किरण की
जिसका प्रकाश है पहुंच न पाया अब तक पृथ्वी पर!
आज प्रतीक्षा है!
आज प्रतीक्षा है—
उस कलिका की प्रथम सुगन्धि लहर की
जो स्वयं प्रतीक्षा में है (फूट निकलने को)
प्रस्फुटित पुष्प की!
आज प्रतीक्षा है!
आज प्रतीक्षा है—
उस बादल की प्रथम बूंद की
जो अभी उपक्रम बादल बनने का कर रहा
जलधि पर!
आज प्रतीक्षा है!
आज प्रतीक्षा है—
उस स्पर्श की पुलक तरंगों की
जो निदोर्ष अछूता प्रवहमान हो जाय यकायक
रोम—रोम से होकर!
आज प्रतीक्षा है!
आज प्रतीक्षा है—
उस एक शब्द की
भर दे जो तन्मयता से आजीवन जीवन को
सार्थकता से सम्पूर्ण समर्पण से!
आज प्रतीक्षा है!

59. आया कौन

यह लो आया कौन विदा के अन्तिम दो दिन पहले!
यह लो आया कौन जिलाने फिर मरने के पहले!
बहुत अधिक जीने का लोभ पकड़ ले तो क्या हो!
फूल उठे विस्मृत वसन्त पतझड़ में तो क्या हो!
होने लगे रोम–रोम में सिहरन फिर तो क्या हो!
फूट पड़े अनुराग हृदय सागर में फिर तो क्या हो!
लगता सचमुच कथा अधूरी ही थी इसके पहले!
यह लो आया कौन विदा के अन्तिम दो दिन पहले!
यह लो आया कौन जिलाने फिर मरने के पहले!
कहीं–कहीं अतृप्ति तो रही दबी–छिपी न हृदय में!
मोहभंग हो चुका समझ बैठा शायद संशय में!
एकाकीपन खला हमेशा इकसा हार विजय में!
हाथ पसारा कभी न अब तक भूख प्यास चिन्ता या भय में!
कहीं भभक तो रहा न मन–दीपक बुझने के पहले!
यह लो आया कौन विदा के अन्तिम दो दिन पहले!
यह लो आया कौन जिलाने फिर मरने के पहले!
मैं न कहूंगा कभी न विचलित होता यादों इच्छाओं से!
सच तो यह हो जाता भ्रमित दिवास्वप्नों दुर्भावों से!
अक्सर कस जाने को हो आता मन हरसिंगार रजनीगंधा की बाहों में!
अक्सर छिल जाता दिल छिल जाते दबे–पुराने घावों से!
जाने किस अतीत से पहुंची प्रणय प्रतिध्वनि पलभर पहले!
यह लो आया कौन विदा के अन्तिम दो दिन पहले!
यह लो आया कौन जिलाने फिर मरने के पहले!

60. फिर एक दौर

मन होता बस एक बार फिर एक दौर हो जाता मन का!
मन क्या समझे एक बार फिर एक बार फिर है कहता मन मन का!
एक प्यास है एक प्यास की झूठी छाया
एक राग है एक राग की झूठी माया
मन का क्या मन तो मरने तक कहता रहता मन का मन का!
मन होता बस एक बार फिर एक दौर हो जाता मन का!
मन का गर्व शर्म मन पर होती हैरानी मन पर
कतर ब्यौंत पर कभी कपट पर मन के जाता मन कभी मन के भोलेपन पर
कितना रंग रंगीला मन कितनी छोटी बातों पर घनी उदासी छा जाती मन पर
मन का क्या कौन कहे क्या कहता मन मन का क्या बेमन का!
मन होता बस एक बार फिर एक दौर हो जाता मन का!
तन्मय अभी अभी उन्मन लगता मन मन्दबुद्धि क्षण में प्रबुद्ध क्षणों में लगता मन
जिस जिस पर दृष्टि पड़े आसक्त हुआ जाता मन क्षणभंगुरता पर
विचार में फिर डूबा लगता मन!
आधी मृत्यु पर सम्भावित अपनी मुस्काता निरासक्त हो अभी दुखी लगता मन
प्यार प्यार कहता लगता पागल मन आत्मग्लानि से अभी भरा लगता मन!
मन न समझ पाता तन को तन करता तरस विहंसता मन पर!
आत्म निरीक्षण भी करता मन लेकिन सफल नहीं होता करने में मन का!
मन होता बस एक बार फिर एक दौर हो जाता मन का!
यादों के फूलों की माला जपता मन मन चाहे फूलों पर रुक–रुक
सपनों के सागर में उद्वेलित मन ढूंढ़ा करता जाने क्या झुक–झुक!
बीते आने वाले कल के झूले से मन देखा करता वर्तमान को छिप–लुक!

मन हो तो एकाग्रचित हो जाता ना मन तो मन राग अलापे बे तुक!
बिन मांगे सब कुछ दे देता मन मांगने पर जवाब दे देता दो टुक!
कैसे दाग कहां पूछे कोई तो कुछ जोड़–घटा कहता मन अमुक–अमुक!
अन्दर–बाहर झांक देख लेने पर मन स्वच्छ न लगता मन का!
मन होता बस एक बार फिर एक दौर हो जाता मन का!

61. माया

यह खुशबू जानी–पहचानी है यह संगीत सुपरिचित है!
यह स्पर्शलहरियों का नर्तन पहले–सा मधुसिंचित है!
सांसों के झूले पर बाहों का सम्मोहन मन को उन्मत्त बनाता
दिल की मदान्ध धड़कन में नूपुर का स्वर मिल जाता
कितना कोमल कितना कठोर संयोग दिशाओं का लगता
सीमाएं टूट रहीं जब कुछ भी न उचित–अनुचित है!
यह खुशबू जानी–पहचानी है यह संगीत सुपरिचित है!
यह स्पर्शलहरियों का नर्तन पहले–सा मधुसिंचित है!
यह ज्योति अभी बनने वाले तारे की परछाई है
यह दिशा काल की निरापेक्ष्य संज्ञा की पूर्ण इकाई है
अर्थहीनता सार्थकता का भेद निरर्थक लगता
दो में एक एक में दो फिर फिर परिभाषित है!
यह खुशबू जानी–पहचानी है यह संगीत सुपरिचित है!
यह स्पर्शलहरियों का नर्तन पहले–सा मधुसिंचित है!
कहां ब्रह्माण्ड अखिल मानव मन कहां कौन किसमें है
कहां मानव मन कहां तन कौन कहे कौन किसमें है
निर्जीव विश्व की परिणति में प्रस्फुटित प्यार का हरसिंगार
माया का इन्द्रधनुष यह सत्य मिथ्या से अनुरंजित है!
यह खुशबू जानी–पहचानी है यह संगीत सुपरिचित है।
यह स्पर्शलहरियों का नर्तन पहले–सा मधुसिंचित है!

62. नासमझ दिल

जीना आसान बहुत मुश्किल है!
समझदार नासमझ बहुत दिल है!
जन्म से अंधा गूंगा बिना हाथ का लंगड़ा कोई
कैसे जाने उसका जीना जो हो गया बाद में हो ऐसा कोई!
दुख सुख के बाद बहुत बेदर्द बहुत बेदिल है!
जीना आसान बहुत मुश्किल है!
समझदार नासमझ बहुत दिल है।
कैसे न याद आ जाए यादों की
कितना भी कोई चुने याद आ ही जाती हैं कड़वी भी कुछ मीठी भी!
बीच भंवर में बरबस पड़ जाता दिल है!
जीना आसान बहुत मुश्किल है!
समझदार नासमझ बहुत दिल है!
कौन ऐसा जो कुछ घाव दबाए जी न रहा हो
कौन ऐसा जो घूँट जहर की पी न रहा हो
कौन ऐसा जो भूली–बिसरी पुलकतरंगों पर
मर न रहा हो जी न रहा हो!
चोंटें तो बहुत तरह की होती हैं लेकिन
मीठी चोटों की चोट बड़ी तीखी कड़वी होती है!
दिल बेचारा भी क्या करे दिल दिल है!
जीना आसान बहुत मुश्लिक है!
समझदार नासमझ बहुत दिल है!
भूल गए संकल्पों की यादें तो और न जीने देतीं

विघ्नों के फन पर चलने वाले को अब
छोटी–मोटी बाधाएं विचलित कर देतीं!
अभिसारों का आकर्षण अशिथिल
मिलने वालों से नए पुराने मिलने का दिल
जीता रहते आने वाले के लिए नहीं क्या
जिन्दा रहना मरना तिल–तिल है!
जीना आसान बहुत मुश्किल है!
समझदार नासमझ बहुत दिल है!
दिल को समझाने धोखा देने में अंतर न अधिक है
भूखा रहने बेशर्म जिन्दगी जीने मृत्यु की अन्तिमता पर
क्षीण रेखा है सीमा की मूढ़ता दर्शन की
अमृत तो अमृत ही है सुरा सुरा है वैसे
पीना हो तो, शंकर हो या सुकरात, विष भी पी लेते हैं!
पीए तो पीए कैसे कोई सर्वथा अपेय भले ही चषक सुवर्ण का हो
दुविधा असमंजस का मारा दिल है!
जीना आसान बहुत मुश्किल है!
समझदार नासमझ बहुत दिल है!

63. मन सब जानता है

मन सब जानता है और कुछ समझता ही नहीं!
उलझता चोट खाता और कहता मैं उलझता ही नहीं!
कुरेदता है यादों की रह–रह और डरता भी नहीं!
मारता है अरमानों को एक–एक और मरता भी नहीं!
कभी किसी से कभी किसी से उम्मीद करता है–
मुंह की खाता है बार–बार और फिर झिझकता भी नहीं!
सपनों के वादों को मन में छुपाए मनमोदक खाता है–
सब समझता भी है और कुछ समझता भी नहीं!

64. अब कोई पास नहीं

आदमी वही है शायद या वह नहीं है!
भीड़ लगती थी कभी अब कोई पास नहीं है!
आदमी वही है शायद या वह नहीं है!
अधखिले फूल लिपटते थे नित नए नए
अब कोई मुरझाया भी आसपास नहीं है!
आदमी वही है या शायद वह नहीं है!
कुछ बदनाम ही थे कभी पीने–पाने में
एक तो कुछ पीने को नहीं अब हो भी तो प्यास नहीं है!
आदमी वही है शायद या वह नहीं है!
क्या रातें होती थीं कभी अपनी क्या बातें
सब बदल गया अब रात कोई बात कोई खास नहीं है!
आदमी वही है शायद या वह नहीं है!
घुंघरूओं शायरी संगीत की रिमझिम थी बहार कभी
सब वीरान है अब रूप कोई राग कोई स्पर्श सुवास नहीं है।
आदमी वही है शायद या वह नहीं है!

65. कितना कुछ मन में

कितना कुछ दुनिया में मानव मन में!
क्षितिज नील आकाश इन्द्रधनु सूर्योदय सूर्यास्त
चन्द्रमा तारों का संसार!
जलद जलधि सरिताएं निर्झर धवल गिरि शिखर
वन पक्षी पशु मानव प्रकृति अपार!
माया ममता मोह क्रोध छल कपट घृणा करुणा
ईर्ष्या दया तरस कामुकता!
दुर्भावना सह्रदयता कटुता लघुता त्याग विरांग
संवदेन प्रतिशोध क्षमा प्रेम प्यार प्रतिकार!
कितना कुछ मानव सुलभ प्रकृति उपवन में!
कितना कुछ दुनिया में मानव में!

66. मोह

कितना कुछ खुश रहने को है!
कितना कुछ दुनिया पर अपने पर हंसने को है!
कितना कुछ खुश रहने को है!
जब पहली सन्तान गोद में नारी लेती है
जब पुलकतरंगों से उद्वेलित दो प्राणी मिलते हैं
जब आवाज कंठ पाताल तारों की जादू करती है
जब हरसिंगार रजनीगंधा पाटल सरसिज खिलते हैं
भारी से भारी दुख घोर उदासी का उत्पीड़न कहां टिकने को है!
कितना कुछ खुश रहने को है।
कितना कुछ दुनिया पर अपने पर हंसने को है!
जब कोई मूर्ख बनाता मूर्ख स्वयं बन जाया करता है
जब कोई असंख्य प्रेमियों का प्रेमी होने का ढोल पीटता है
जब कोई फिसल फिर खड़ा हो जल्दी बचने की औरों की आंखों से कोशिश करता है
जब कोई वयोवृद्ध कामान्ध किसी रमणी को आकर्षित करने का दुष्प्रयास करता है
करले प्रयास कितना भी कोई हंसी कहां रुकने को है!
कितना कुछ खुश रहने को है!
कितना कुछ दुनिया पर अपने पर हंसने को है!
जब बिना किए कुछ ज्यादा मन्सूबे दिन रात बनाता हो कोई
जब कायरता के गर्धभ को अपनी खाल से केहरि की
हर वक्त छिपाए रहता हो कोई
जब मोहभंग हो चुका सोचता फिर–फिर दलदल में
मोह के फंस जाया करता हो कोई

जब उदारता का दम भरता छोटी–छोटी बातों में छुटपन
दिखलाया करता हो कोई
जब अपना पर्दाफाश स्वयं करने की हिम्मत आ जाए
इससे ज्यादा क्या अपने पर हंसने को कुछ है!
कितना कुछ खुश रहने को है!
कितना कुछ दुनिया पर अपने पर हंसने को है!

67. आँसू

आंसू जब भी बहे बहे करुणा के!
पात्र रहे तो प्रेमपात्र ही रहे घृणा के!
आंसू जब भी बहे बहे करुणा के!
कठिनाइयाँ हमेशा प्रेरित करती रहीं और आगे बढ़ने को
दुख के भंवर हमेशा दृढ़तर करते रहे समर्थ भाव को
नहीं कि मन हर्षातिरेक से गद्‌गद्‌ उद्वेलित न हुआ हो,
नहीं कि मन होता न दुखी, विचलित, विभ्रम, बोझिल, उदास हो,
कलेजा जब भी मुंह को आया आया औरों के ही दुख से सुख से!
आंसू जब भी बहे बहे करुणा के
पात्र रहे तो प्रेमपात्र ही रहे घृणा के!

68. पुनर्जन्म

मांगता हूं आज
पुनर्जन्म–स्वयं से
आज, आज ही, अभी–अभी ही
पिछले सत्रह–साठ के बाद के सत्रह–वर्षों में
क्रमशः थकता–सा जा रहा हूं
अब तो या तो इस जीवन की समाप्ति हो जाए
अब तो या तो रस जीने की समाप्ति से आए
या फिर नये जीवन की शुरुआत हो
यानि शुरुआत की जाए
जहां तक संभव और वांच्छित हो
शारीरिक, मानसिक, भावनात्मक मांगों में परिवर्तन करके
नया जीवन ऐसा होगा जिसमें
उम्र का न्यूनतम असर हो
भावुकता को नियन्त्रित रखने की क्षमता हो
मन दुःखों को स्वीकार करते हुए भी दुःखी न हो
और हारों तिरस्कारों असफलताओं में
विजय सम्मान सफलता के बीज देखता हो
और पिछली अतृप्तियों पिछली तृप्तियों में डुबकी लगाकर
पूर्ण परितृप्ति प्राप्त कर ले!